© 2023, Monika Breuhan
Herstellung und Verlag:
BoD – Books on Demand, Norderstedt
ISBN: 9783734777011

Geschichten des alten Baums:

Das erste Abenteuer des Regenbogen-Drachens

Monika Breuhan

Der alte Baum erzählt gerne Geschichten, an ihn angeschmiegt lauschen Kinder seiner ersten Geschichte über den Regenbogen-Drachen.

Der alte Baum beginnt zu erzählen:

Wieder ist die Herbstzeit gekommen. Zeit für Drachensteigen, Spaß für Groß und Klein.

Die meisten Kinder hantieren mit ihren Superdrachen. Sie haben sie allerdings aus dem Supermarkt oder dem Super-Super-Spielzeugladen gekauft. Ein Laden mit einer großen Tür für Erwachsene, einer kleinen für die Kinder und einem riesengroßen Schaufenster. Nein, halt,
gekauft haben die Kinder ihre Drachen nicht selbst. Sie haben die Drachen geschenkt bekommen.
Nur ein kleiner Junge, namens Peter, steht vor dem Schaufenster, drückt sich

die Nase platt, nur um einen Blick auf seinen Drachen zu werfen. Es ist ein regenbogenbunter Sternendrachen.
Sein Taschengeld reicht nicht. Und seine Eltern können ihm nichts geben. Die Situation ist ziemlich ungerecht. Er unterdrückt seine Tränen und will sich gerade klammheimlich davonschleichen, als sich eine Hand fest auf seine Schulter legt. „Hallo Peter, mein kleiner Freund," dröhnt eine Stimme.

Es ist sein großer Freund, Peter nennt ihn einfach Admiral. Er sieht schon so alt aus, wie in den Märchen, die Peter so gern liest.

Er hat etwas Schelmisches in seinen Augen, sein Lächeln listig und vertrauensvoll zu gleich.

„Na, du siehst so traurig aus. Du hast wohl noch keinen Drachen." will Admiral von Peter wissen. „Nein, ich will auch keinen" knurrt Peter, mit seinen Tränen kämpfend.

„Und du hast auch keine Lust, mir dabei zu helfen einen Drachen selbst zu basteln?" hakt Admiral nach.

„Nein, Ja, ach ich weiß nicht" nuschelt Peter. „Ich kann dir ja zusehen".

„Ja, dann komm, ich habe alles zusammen und wir können sofort starten". Admiral marschiert schnurstracks los. Peter keucht, um mit Admiral Schritt zu halten.

Im Hobbyraum von Admiral angekommen, dauert es nicht lange und Peter sieht nicht nur zu, sondern bastelt mit strahlenden Augen. Seine Hände mit Kleber und Farbe verschmiert, der Spaß ist nicht zu verderben. Er mischt die Farben mit einer Freude, dass sich dies auf den Raum auszuwirken beginnt. Es knistert vor Spannung.

Es wird der schönste Drachen den Peter je gesehen hat. Seine Regenbogenfarben ergießen sich über ihn, alles an ihm strahlt.

„Können wir ihn gleich steigen lassen?" fragt Peter den Admiral atemlos." Hmm..., warum nicht" die Antwort Admirals.

So marschieren sie los, gehen auf das Feld. Dort treffen sich fast alle Großen und Kleinen um ihre Drachen steigen zu lassen.

Dort angekommen, entdeckt der ekelhafte Markus Peter. Mit seinen Freunden kommt er sofort angerannt. Sie stoßen sich gegenseitig an, lachen, kichern. „Das soll ein Drachen sein. Das ist eine Zumutung. Hau ab hier, hier fliegen nur super, super Drachen und nicht so `n Pappdrachen", Markus kickt gegen den Regenbogen-Drachen. Peter kann ihn gerade noch daran hindern, in dem er sich vor den Drachen stellt. Dafür trifft ihn der Fußtritt. Das tut ganz schön weh. Wenn Admiral nicht in diesem Moment seine Hand auf seine Schulter gelegt hätte, er hätte sich auf dieses Ekel Markus gestürzt. So aber...

Admiral nimmt den Drachen, drückt Peter die Leine in die Hände. Peter läuft los und lässt den Drachen in die Lüfte gleiten. Markus geht schnell und mit ihm die Gruppe auf Peter zu. Peter hat seine Mühe, bei dem Gedrängel und Geschubse die Leine festzuhalten. Admiral kommt gerade rechtzeitig.

Vor Erleichterung lehnt sich Peter an Admiral und sah nach oben. „Admiral," rief er mit schriller Stimme, sieh nur, der Drachen." Admiral sieht nach oben. Was er dort sieht behagt ihm ebenso wenig wie Peter. Ihr Regenbogen-Drache wird gerade von Markus Drachen angegriffen. Die anderen Drachen stehen in Wartestellung. Markus Drache ist arrogant und selbstgefällig anzusehen. Ein Drachen-Schnösel. Im Designer-Anzug, mit einer schrillen Krawatte um den Hals. Er versucht gerade, mit gezielten Angriffen den Regenbogen-Drachen in die wartende Gruppe der anderen Drachen hineinzudrängen. Peter`s Drache wehrt sich tapfer, er machte einige Verrenkungen, um den miesen Angriffen zu entgehen. Viel Chancen bleiben ihm nicht.

Peter stöhnt auf, die Hand Admirals schließt sich fester um seine Schulter. Eingreifen können sie beide nicht. Die Sonne, die sich die ganze Zeit in ihrem strahlend blauen Himmelbett räkelt, schreckt bei dem hilflosen Schrei des Regenbogen-Drachen auf. Ärgerlich will sie ihn für die Ruhestörung zurechtweisen. Sie verschluckt sich fast an ihren Worten als sie genau hinsieht. Der Regenbogen-Drachen wehrt sich verzweifelt gegen diesen Drachen-Schnösel und die um ihn herum gescharrten Drachen.

Sie weiß, hier sind Worte nicht angebracht, sondern nur ganz, ganz schnelle Hilfe. Erschrocken sieht Peter, wie die Sonne ihr Gesicht verzieht und sich zu konzentrieren anfängt. „Regenbogen-Drachen, pass auf!", ruft er verzweifelt und klammert sich an Admiral.

Die Sonne überlegt nicht lange und konzentriert sich darauf, ihre Sonnenstrahlen zu bündeln. Es sieht aus, als wenn die Sonne einen einzigen Strahl aussendet. Und dieser richtet sich, entgegen Peters Befürchtungen nicht gegen den Regenbogen-Drachen. Nein!! Er richtet sich auf den Drachen-Schnösel. Dieser blickt die Sonne so arrogant an. „Ich befehle dir, diesen hässlichen Drachen zu vernichten" weist er die Sonne an.

Die Sonne staunt über diesen machtvollen Befehl, sie wendet sich in Richtung des Drachen-Schnösel. Dieser... dieser..., ihr fehlen die Worte. Und deshalb tut sie einfach das, was sie so wie so vor hat. Sie sendet den gebündelten Sonnenstrahl, er ist mittlerweile angeschwollen wie ein gefüllter Feuerwehrschlauch, in Richtung des arroganten Drachens. Dem stehen – vor lauter Unmut – die Stirn in Falten. Grr..., Befehlsverweigerung. Alle befolgen seine Befehle. Was fällt dieser verdammten Sonne denn ein?

Während er wütend schnaubt, trifft ihn der Sonnenstrahl. Sein Kopf wird über und über rot. Er gleicht einer überreifen Tomate. Himmel, ihm ist warm. Es schnürt ihm die

Luft ab, er beginnt an seiner schrillen Krawatte zu ziehen. „Hilfe, Hilfe" krächzt er. Keiner seiner Freunde hilft ihm, es hat ihnen nicht nur die Sprache verschlagen. Im Nullkommanichts ist er auf dem Weg nach unten. Im Sturzflug nähert er sich der Erde. Der Aufschlag ziemlich hart, kopfüber bleibt er im Feld stecken.

Peter will gerade zu ihm rennen, um zu helfen, er hat trotz allem Mitleid mit ihm, da hört er einen verzweifelten Schrei vom Himmel. Er sieht nach oben. Der Regenbogen-

Drachen wird jetzt von den anderen Drachen, die aus ihrer Erstarrung erwacht sind, angegriffen. Wütend bemerkt dies die Sonne, sie ist noch ganz geschwächt durch den gebündelten Sonnenstrahl. Sie kann nicht mehr helfen. „Halt," denkt sie, „ich kann meinen Freund, den Wind, anrufen." Gesagt, getan, sie zieht ihr Handy aus der Tasche. 019091994, schnell war die Telefonnummer aufgerufen. „Verdammt, geh` schon ran," fleht sie. Nach dem vierten Klingeln meldet sich ihr Freund. „Tornado Hurrikan, Windhausen, was kann ich für Sie tun" säuselt die Stimme. „Torny," unterbricht ihn die Sonne, „Torny, ich brauche deine Hilfe, ganz schnell". Tornado Hurrikan weiß, wenn seine Freundin ihn Torny nennt, dann war es sehr, sehr wichtig. Schnell lässt er sich die Situation erklären. „In einer Sekunde bin ich da" verspricht er und legt auf.

„Hi, Sunny" braust es kaum eine Sekunde später am Ohr der Sonne. Sie atmet erleichtert auf. Jetzt kann dem Regenbogen-Drachen geholfen werden. Torny, Tornado Hurrikan, sieht sich mit zusammengekniffenen Augen kurz die Situation an. „Hey ihr da, hört ihr wohl auf", brüllt Torny los. „Halten Sie sich daraus und wagen Sie es ja nicht sich einzumischen" faucht ein Untertan des Drachen-Schnösel. „Und ob ich mich einmische" grinst Torny und bläst seine Backen auf. Er sieht jetzt aus wie ein Bratapfel, kurz vorm platzen.

Ja, und dann platzt er einfach. Er lässt die Drachen, alle außer den Regenbogen-Drachen, durch die Lüfte purzeln. Sie schreien und halten sich aneinander fest. Es nützt nichts, je mehr sie sich umklammern, umso mehr Freude macht es Torny, sie herumzuwirbeln, sie kreisen zu lassen. „Mir ist schlecht, „Ich kann nicht mehr," und andere Hilfeschreie sind zu hören.

Peter, der die ganze Zeit Admiral umklammert, nimmt jetzt seine Hände und hält sich die Ohren zu. Und Admiral? Er hat vor lauter Staunen die Schnur zum Regenbogen-Drachen fallen lassen. Der Regenbogen-Drachen ergreift damit die Chance, sich aus der Gefahrenzone herauszubringen. Er fliegt höher und höher.

Auf einmal ist es still. Fast unheimlich. Die Drachen liegen auf dem Feld und haben aufgehört zu jammern.
Auch Markus und seine Truppe sind ruhig, blass um die Nase. Kein Wunder, denn so etwas haben sie noch nie erlebt.
Peter nimmt die Hände von den Ohren und sieht vom Feld zum Himmel hinauf. Dort ist sein Drachen zu sehen, ganz hoch oben. Er vollführt Kunstflüge vom Feinsten. Loopings, Steilflüge. Explosionsartig zeigt sich der Himmel in Regenbogenfarben, der Regenbogen-Drachen fühlt sich gestärkt und sichtbar wohl. Dann, wie von Geisterhand,

verschwindet er mit einem Mal aus Peter`s Blickfeld. „Admiral, Admiral, der Drachen" Peter rüttelt Admiral und zieht an dessen Jacke.
Admiral bemerkt es aus den Augenwinkeln heraus ebenfalls. Liebevoll streicht er über Peter`s Kopf, „jetzt können wir alle nichts mehr für ihn tun. Lass uns nach Hause gehen."

Traurig wenden sie sich um, und schleichen über das Feld. Da huschte plötzlich ein Schatten an ihnen vorbei. Ein leuchtendes

Etwas. Auf die Schnelle ist nicht zu erkennen was es ist.

Dann: Der Regenbogen-Drachen segelt an ihnen vorbei, setzt zum Landeanflug auf dem Feld an.
Ziemlich erschöpft. Verständlich nach all den Abenteuern. Trotzdem lächelt er Peter und Admiral zu.

„Hallo Peter" nuschelt er abgekämpft und müde, „bevor ich es ganz vergesse, in einer meiner Schleifen ist etwas für dich versteckt. Du musst nur nachsehen." Peter öffnet vorsichtig die Schleifen und es fallen zwei kleine Bücher heraus. Peter strahlt.

Die Glocken läuten, sechs Uhr. „Kinder," gähnte der alte Baum, „ab nach Hause, ich bin müde."

Der alte Baum schweigt dann, schließt die Augen und schläft sofort ein. Leise umarmen die Kinder den Baum und schleichen flüsternd davon.